僕たちはなくしたことばを拾いに行こう

南雲和代

詩集　僕たちはなくしたことばを拾いに行こう

序詩

生き延びよ

建設中途の放置されたマンションの一階
都会の喧騒の底に捨てられた巣窟のような部屋
窓から差し込む幽かな光が灯りのすべてだった
けれど　地下の隙間から潜り込みやっと見つけた楽園
行き場がなかった
男が来ると百円玉を握らされて
雨の路上に猫のように捨てられた

殴られた痣は見えない場所だけ
あなたはまだ九歳だった
同じように生きていた幼い仲間たちと過ごせる場
スーパーマーケットから盗ってきたものは
懐中電灯と段ボールに溢れるほどの食べ物
母が男と過ごす夜
追われたあなたが過ごした部屋の窓から
オリオン座の赤い星の光が降り注いだ
死んではいけない　生き延びよ
ベテルギウスは囁く
冬の乾いた天の果てからベテルギウスは手を差し伸べる
けれど都会の底に光は届かない日もあった
あなたは痩せていて幼く小さかった
幼いころから大人たちは　母とあなたを引き離した

けれど　男と別れると母はあなたを思い出し引き取り
美しい洋服を纏わせ　育てることに疲れて　殴った
産んだことすら忘れてくれたらとあなたは願う
桜の花の散るころ居場所は見つかりあなたは保護された
生きていることを忘れてほしい
あなたの哀しみは止むことはないだろうが
天の果てまで生き延びよ
地の底まで逃げ延びよ
死んではいけない　死なせてはいけない

目次

地方と都会　故郷の無人駅舎に佇めば母のかわりに咲く立葵

第二章
世界がぜんたい幸福にならないうちは個人の幸福はあり得ない

宮澤賢治「農民芸術概論綱要」より

詩集　僕たちはなくしたことばを拾いに行こう

第一章

多摩川叙景

――黒田喜夫に――

いや、やはりわれわれは、あくまでも
じぶん自身の内なる飢えた子供のために
だけ書く。そして、そうすることで
私はいずこかの飢えた子供の
存在も発見しようとするだろう

黒田喜夫「詩は飢えた子供に何ができるか」より

喜夫は山形の高等小学校を卒業後、京浜工業地帯の労働者となり詩を書いた。

葦が哭く

——多摩川叙景

死んでいた
一月一日
凍てた光が多摩川に刺さっていた
男が
死んでいる
多摩川河川敷の団地の一階
夜になると川向こうの工業地帯の光が届く街
誰もいない保育園の砂場
砂を布団のように故郷を夢みながら
男が死んでいる

風花の舞う風とコロナウイルスで
蓑虫のように身体を寄せ踊っていた少年たちも
消えている
男の死は悼むものなく
砂場の砂で
ぬくもりを微かに感じながら
誰もしらない故郷に帰っていった

消えていた
ある朝
女は職場に来なくなった
前日にランチを一緒にとった同僚に
気配も感じさせず
私物のペンもおやつのお菓子も引き出しに
入れたまま

女は職場から姿を消した
ベテランの非常勤職員
残されたのは
若い正規雇用の職員と
老いた再雇用の職員たち
それでも
日々はまわっていく
豊かな国という幻想の貧しい国

鼠も死んでいた
いつものように
逃げきれるはずだった
地下道に逃げ込むつもりで頭から側溝に
ダイビング
正月の残飯を呑み込んで太った腹が側溝に
挟まり

動けなくなった
正月の夜は人通りもなく
側溝の穴に逆さまに死んだ
天敵の鴉も猫も犬もいなくなった日に
鼠も死んだ

男も女も鼠も消えた
多摩川は冬枯れの葦が哭く

異国の少年兵のように
――多摩川叙景

八月の炎天の太陽の粗い光を避け
葦原に潜んでいた野鳥が
京浜工業地帯の灯りを求めて飛び立つ夕暮れ
六郷橋を蛇行しながら
銀色の自転車の群れは川崎をめざす
遠い砂漠の少年兵のような哀しみを湛えた瞳
落ちる太陽を背に京浜工業地帯の海に
呑み込まれまいと車輪は戦車のように走る
少年たちの祖父が集団就職で作った工場街は
タワーマンションに変わり

彼らの戦闘の相手など何処にもいない
架空な敵を求めるドン・キホーテのように
彼らの夏は真空の幻影の中で錆びていく

少年たちの夢魔が覚醒した夏の終わり
暴力に呑まれた少年は警察に捕らわれ
迎えに来ない父母に見捨てられ施設に収容された
逃げ延びた少年たちは河口を背に立つ児童館に夏を隠蔽し子どもの瞳を装うために緊急逃避する

夏の間は何処に行っていたのかと
笑いながら話しかけても
少年たちは細いナイフのような顎でかすかに口元をゆがめて答えることなどない
六郷の葦原の野鳥の繁殖の営みのさえずりが耳障りで　葦原を焼き尽くしたいと願ったことなど一言も口にすることなく

川崎のゲームセンターで遊んでいたと声変わりが終えた声で呟く
夏の光に腐蝕したタイヤの土を落とし
少年たちの自転車が校舎を走ることはない
終わった十五歳の夏

静寂を取り戻した河口の葦原で
野鳥は巣をつくりまどろむ
秋の光が葦原を冷たい銀色の穂に染め変える

六郷川の蟹
——多摩川叙景

多摩川の河口は
漆黒の闇夜に六郷川と名を変える
葦原の枯れた白い穂は川風に煽られて
白銀のたてがみに変わり
昼の仮面を脱ぎ捨てた少年たちは
パーカーのように葦の穂を被り
夜の闇の底に消えていく

　囚われてはならない
家族の涙にも

大人の正義にも
教師の説教にも
俺たちをかわいそうだという大人にも
あんなに優しかったのにと
思い出に泣くお前たち保育者が話す
多摩川の蟹の思い出にも
台風の朝
俺たちの狭い園庭に
蟹は這い上がってきた
腹を空かせていた俺たちは
唐揚げにして食いたかった

闇の街から連れ戻そうとする大人たちに
欺かれてはいけない
俺たちの心などわからない
俺たちは萱の冠をつけた銀狼になり

都市の闇の底を疾走するしか
　生きられないのだから

台風の翌朝
少年たちの幻を追いかけようと
河岸に立つと
枯れた葦は足に絡みつき
足の裏は十字に裂け血を吹いた
台風が置いていった無数の蟹たちの群れ
お前たちを愛した少年たち
私は痩せて小さい蟹たちと葦原に立つ

ジェルソミーナ*の末裔

——多摩川叙景

産業道路から河口に向かう道は
過去と未来が交差し捩《ねじ》れ歪み
陥穽と疲弊の風が地中をうねる
金属工業の紅の旗がたなびき
インターナショナル歌が地を這い続ける昭和
幻影の中に旗よりも赤い夕陽の底
多摩川の河底からトラックは這い上がり
蛇行しながら運河沿いの保育所へと疾走する

夕暮れに仕事に行く父を待ち続けていた

幼い娘は父の顔を見ると喜びの唄を歌う
父の荷台で娘を捨て去った母の国の唄を歌う
母国に逃げた妻を追う金を稼ぐために
男は河底の魔界から危険な化学物質を京浜工業地帯の中小工場に
　運び続けた
幼い娘は父を信じ深夜の旅を続ける
河底の街は父を惑わせる迷路
置き去りにされないよう娘は歌う
夜の底を駆け抜けよ
トラックを停車させてはならない
逃げた妻を殴った拳で娘を殴ってはいけない
ただ闇を駆け抜けよ
娘を夜の街に捨ててはいけない
台風に河口の底を浚われる前に
暴力と猥雑な街から駆け抜けよ
地底の魔界を駆け抜けよ

魔女に憑《と》りつかれないように父は
ひたすらにトラックを疾走させ
儚い時を
娘と自分の時を奪われる前に
欲望から逃げるようにトラックは多摩川の河口を走り続ける
異国の女と日本の男の幼い娘は小夜啼鳥のように哀しい声で歌い
続ける

＊　ジェルソミーナ　一九五四年公開のイタリア映画　『道』のヒロイン名。フェデリコ・フェリーニ監督。

天空橋

——多摩川叙景

天に伸びる白亜の消防署は
空港ターミナル分駐所とよばれた
若い屈強な消防士が空港の安全のため
垂直に壁を登り続けている

東京湾から昇る朝陽は壁を赤く染め
彼らは砂漠に咲く百合のように
空だけ見つめて
無口に登り続けた
シーシュポスの神話のように登り続け

海を見ることも地上を見ることもない
鳥になることを夢み
天空を目指した

消防士に見えなかった遥か地上に
水平に拡がる古い家々
日に焼けた初老の女性が中南米の花を売り
小さなアパートを営んでいた

誰もいない部屋に深夜の闇を這うように
交わされる多くの異国の会話
東京湾を漂流してたどり着いた
労働者の群れ
連れてきた異国の女と子どもを残し
部屋に言葉だけを残して日本中に散った魂
彼らの肉体を探すため

店主は夜明けに
伝書鳩を天空橋に向けて飛ばした

太陽の昇る刻限までに
天空橋を越えられない鳩は
漆黒のカラスの集団の餌食となり
首を食いちぎられると泣く

天空橋は
異国に向かう国際空港の駅

多摩川支流　海老取川／弁天橋

海老取川

多摩川の支流の一級河川の海老取川は全長が三キロ余りの川なのに、多くの橋が架かり橋は羽田空港と羽田の街を繋いでいる。母と父と兄と僕は川のほとりの祖父の残した古い小さな家で暮らしていた。祖父が戦後すぐに羽田空港拡張のためアメリカ軍に追われて対岸に移り住んだ街。祖父は漁師をやめ、小さなネジ工場を経営し、僕と兄をハゼ取りに連れていってくれた。汚い川だったけどハゼは釣れ僕たちの夕飯になった。

弁天橋

弁天橋は本当に短い橋
昔　この橋上を渡り切れず青年は死んだ
青年は他国の戦争を憂い
闘争の中
彼に与えられた長く生きる時を橋上でなくした
彼の時を生きた私は橋上を駆け抜ける
ベトナムに向けた飛行機が
新しい羽田空港から飛び立った

白いパンプス

――多摩川叙景

あの日は三月十一日だった
昼過ぎの大地震は地上と海のあわいだった
夜になっても東北の震源地から遠い都心も
揺れ続け早春の蒼い凍てた星の光は
東北から東京湾へ続く波を揺らし続けた
羽田沖から海底の京浜工場地帯を通過し
水平線が見える公園の片隅に建つ児童館
都心から白いパンプスで半日を歩き続けた
母は眠るわが子を抱きしめ続けた
情報を寸断され　揺れ続けるアスファルトを

連絡の取れない夫に電話をかけ続けながら
子を負って家に向かって帰っていった

残されたわたしは
夜に囚われ身体を突きさす余震の中で
古いテレビを見続けていた
映像は視から脳へと到達したが
波は猛り川を遡り　わたしを呑み込む
橋を緑の新芽の樹々を紫の菫を母牛も子猫も
呑み込み海に流した
家もヒトも原子炉も
砕き冷たい海に呑み込んだ
呑み込まれたすべてのものは
太平洋を彷徨い流れ続けていく
古いテレビを壊そうと叩き続けても
残酷な時は戻らない

許しを請う海鳴りは東京湾で咆哮した

母に抱きしめられた少年は大学生になったが
あの日から母は白いパンプスを履かない
母はつらそうに言う
深夜の底で聞き続けた海の声は
いまも海底から多摩川の河口を逆流し
多くの女たちが白いパンプスを履き
流された魂を探し求めているから
子が助かったわたしは履いてはならないと

子猿の冒険
——多摩川叙景

ネットもテレビも大騒ぎ
小さな猿を追いかける
　触ってはいけないよ
えさをやってはいけないよ
目を合わせてはいけないよ
噛みつかれるよ

四月
春告の桜の咲いた朝は晴天
ひとり立ちのため

群れを追い出された雄の子猿は
険しい山を越えて川をめざした
去年　追い出された
兄猿の匂いをたどり
子猿は多摩川の緑地を走る

　ネットもテレビも大騒ぎ
　小さな猿を追いかける
　　触ってはいけないよ
　えさをやってはいけないよ
　目を合わせてはいけないよ
　　噛みつかれるよ

スガンさんの子山羊だって
自由のために戦ったんだ
僕ができないはずはない

子猿は川の河岸を逆走する
兄猿の匂いと
耳に聞こえるかすかな声を求めて
ヒトに捨てられた家を求めて
捕獲する人の群れを駆け抜ける

テレビもネットも大騒ぎ
小さな猿を追いかける
触ってはいけないよ
えさをやってはいけないよ
目を合わせてはいけないよ
噛みつかれるよ

多摩川からたどり着いたのは
廃村の丘にひっそりと暮らす新しい群れ
子猿は無人の学校で

捨てられたパソコンを学ぶ
子猿は寂しいヒトの子どもたちに
発信する

噛みつかないよ
だから一緒に遊ぼうよ

猫は夜明けにコシコシと爪を砥ぐ
――多摩川叙景

ツイラク・ミーちゃん*は野良猫だったという。猫好きの詩人のベッドで夜を過ごすようになっても、彼女は夜明けに庭に出て大木で両手の爪をコシコシと砥いだ。

眠れない真夏の夜
壁の片隅に埋もれていた
古い初版の日本國語大辞典
初老のかれらのページを繰り続けても
眠りの底は見えない
辞典から文字は脱走し

繰り続ける頁はからっぽになった
字の虫たちを捕獲できないあたしは
ヒトのことばが話せなくなっていく

不眠の夜、詩人と野良猫の物語を「千夜一夜物語」のように読み続けて、過ごし続けた女には、文字を読めなくなったからと殺してくれる王もいなかった。

詩人たちの前世は革命家
女たちは革命家になれないと権威だけで生きてきた日本國語大
辭典は嘲笑う
あたしは猫になろうとコシコシと爪を砥ぐ
爪は割れてボロボロになり
あたしは喪失したことばを求め
割れた爪で喉を切り裂き掛け算を始める
そして微かにゼイと鳴く

詩人になることも革命家になることも
猫にもなれない女。
熱帯夜に部屋に逃げ出した日本國語大辞典の
文字たちを掘り起こすと、湿った床の底で
文字たちは役立たずの千夜一夜の布を綴る。

＊　ツイラク・ミーちゃん　『猫には負ける』佐々木幹郎著のヒロイン猫。

山羊の箱舟

あけがたの鐘が鳴り
地球の表皮が木の葉のように燃えあがる
工場の除草に派遣されている
世界中の山羊たちは追悼の鳴き声をあげた
トロルと勇敢に闘い死んだ末の子山羊
勇敢だった古代からの神の使い
山羊たちは
曲がった角の先から宇宙に放電し
今日も従順な真白な毛皮を纏い
工場内の敷地の夏草を食む

かすかな異変に気付いたただ一人の老人は
もはやヒトの世界の住人ではなかった
東北から山羊のように電車に詰め込まれて
工業地帯に放たれた少年はいつのまにか
山羊の髭のような白い髭を蓄えた老人になり
近代化された工場は
老人を必要としなかった

工場で製造されている小さな螺子は
宇宙船の部品やミサイルや電子機器の一部となった
工場の草の中に落ちた螺子や部品は
草の実のようにきらめき
山羊はむさぼるように食んだ!
山羊の血管の中を流れ続け
大脳と宇宙を繋いだ

沸騰する地球
揺れ続ける大地
まん延する感染症
止まない戦争

ヒトは子を産むことを忘れようとしていた
世界中の仲間に工場の草を食むように
発信した山羊は
脳の萎縮でヒトではなくなった工場詩人を
箱舟の水先案内人に選んだ
滅びの端緒となり近代文明の贄となった
老人はどこに行くのか
子山羊の頃から頭をなでてくれた老人に未来を託そう
ゆうべの鐘が鳴り終わったら旅立とう
地球が崩壊する前に
世界中の工場の夏草の港から

箱舟は飛び立つのだ
山羊は祈る様に小さくメェーと鳴いた

地方と都会

故郷の無人駅舎に佇めば母のかわりに咲く立葵

かずよ

昭和　故郷は京浜工業地帯の若年労働の供出地であり
令和　故郷は限界集落になった

跨線橋

県境の古い村は深緑の底に沈み
けだるい夏の眠りをむさぼり続けていた
連なる山脈の狭間にヒトの姿はまばらで
駅舎は子ザルたちの遊び場
子ザルは両手に青い柿の実を握り
かじりついた苦さに
お手玉のように空に放り投げ上げる
空は宙に青い柿を映し
レオ・レオニの絵本のような黄色を探し
若い稲穂を揺らす田圃の風になる

いにしえの国鉄の面影を残す
玩具のような三両の電車は
地底から顔を出し
誰もいない長い長いホームに身体を横たえた
降りる人も乗る人もいない
大正期に創られたという跨線橋を登ると
閉ざされた近代と現代が扉を軋ませながら開く
村に降りる扉と
外資系のリゾート地に開く扉
合理化のために無人になった駅舎に残された古い跨線橋の扉は冬
　だけ両方をつないだ

年老いてからは決して渡ってはならない
険しく長い鉄の橋
姨捨山のような限界集落に
ひっそりと生きている老いた人たちの

肺臓を狙うという危険なウイルスを
都会からの電車が運ぶと忌み嫌われる交通路
疲弊していく村に
環境汚染のため温暖化し南方から
北上を続けるクマゼミだけが
朝から錆びた跨線橋に鳴く

改札口で固い切符に
鋏を入れていた国鉄職員は
頭をもたげた大蟷螂に職を委ねた
ホームの駅長代理は熊に変わった
若い嫁だった祖母は
泣き続ける伯父を負ぶい
めずらしい汽車を見に行き跨線橋を渡った
明治生まれの祖母はいつのまにか
記憶が曖昧になり徘徊を繰り返し

跨線橋を渡り
ルソン島で玉砕した伯父のもとに帰った

誰も住まなくなった家は
異国から来たハクビシンの家族が棲み
年老いた村も人も
新しい社会に捨てられ
村は原野に戻ろうとしている

近代遺産という国のお墨付きの跨線橋だけが
雪の重みに耐えて近代と現代の架け橋になり
生きるものと死んだものをつないでいる

県境

——コロナの壁を越えていく

壁など何処にもなかった
高い山脈
深い峡谷
長い川
可視できない県境を踏み越えても撃たれることなどなかった

目にみえない
ヒトの身体に巣くったウイルスは透明な壁を国中に造り続けている
致死率という呪いに閉ざされた森に咲く
毒々しいダークオレンジのコロナの華

年老いた父母の住む
思い出だけの村はグローバル化など無縁で
米を作り
野菜を栽培し
鶏を飼い
隠れ里のように二人はことばをなくして暮らしていた

逢えなくなった責任はコロナではない
親を置き去りにした娘
都会のウイルス感染の可能性を負う娘
無菌の老いた人たちを狙い
死を招くコロナウイルス
止まない時との闘い

やがて

一瞬でもウイルスが姿をひそめ隠れたら
幾度も幾度も幾歳も
撃たれて穴だらけのからだにされても
私は県境の幻の壁を越えよう
壁など何処にもなかったのだから

十七の夏

十七の夏
シモーヌ・ヴェイユのように死にたかった

信濃川の河畔に立つ小さな町工場は
納期を控えて戦場のようだった
戦争で左足をなくした義足の工員
満洲で夫が戦死した未亡人
高校に行けなくなった女子高生のわたし
足と夫と心を喪失した三人のパーツを
ついでもついでも
人ひとりにならない

ベトナムの戦争で人手不足の平屋の工場は
扇風機だけの生ぬるい風の中で
螺子にヤスリをかけ
相手の見つからない螺子を棄てる作業を
ロボットのように繰り返していた

海の碧は空の群青より深かったと
海軍特別年少兵として戦地に向かった工員は呟く
人を殺す意味さえ教えてもらえなかった
工員は空ではなく海を選んだ
越後の山間の村に生まれた愛国少年は
死ぬ前に海をみたかったと苦く笑った
幼い志願兵は記念のように
吹きとばされた左足を戦場において焦土の国に帰ってきた

二度と戦争に行かないと誓ったのに

工場は戦場だった
ハンダで指先を焼かれて
部品となった傷痍軍人と戦争未亡人は
パチパチと花火のように
声をあげて電源盤につながれていく
部品と化した二人は
命も家族も国も捨てたかった女子高生の心に
畑で採れた小さなとうもろこしを与えた

空の群青が川面に映る日
山間の太陽の光に盈ちた初夏
工員の骨は海底の小さな石と化し
夢で満洲から夫が帰ってきたと未亡人は話す
五十年前の十七の夏の終わり
わたしはシモーヌ・ヴェイユを捨てた

冬の記憶
——信濃川悲歌*1

誕生と死

新たな潟の誕生の日は余りに遠く私の記憶には欠片すらない。私はちっぽけな水蒸気の集まりで葦原の湿地帯に置き去りにされた。大陸と乖離され私は母の地の大陸の乾いた黄色い砂が恋しいだけの物体だった。

徐々に私を残し離れていった大陸は水たまりを海につなぎ藍色にうねる深い海の底では多くの人魚たちが悲歌を歌い銀色の尾をくねらせていた。不死だった人魚たちが死に絶えても、容赦なく繰り返された時のリセット。風は大陸の雨を雪に変える。絶え間なく吹きつける雪の重みを受けながら、川と呼ばれる存在になった私は支流の川を無言で受け入れ続けこの国で一番長い川になった。

時は天と地を引き離し生と死を幾層にも積み重ね生から死への諦念を残滓のように刻み続けた。枯れる草も溺れる動物も等しく腐敗臭を漂わせ海に押し流され私は留まり続ける。

輪廻のように懶惰に繰り返される死と生の長い時の季節に泣いても涙は赦されない。大陸の凪に凍り続け雪の底が水で満たされ春を呼ぶまでただ眠りの中に沈む。山間の村々を流れ続けながら私は孤独に嗚咽した。

再生

大陸の母は鬼女のように安らかな死を許さない。残酷な氷雪と存在を誇示する。貧しい妊婦を凍てた氷で刺し殺し胎児は間引きされ、娘は都会の闇に売られた。女たちの捨てた肉体が置き去りにされた湿地帯を穀倉地帯に変えた。私は流れ続けた。豊かになるように新潟の地の贄になった女たち。苦界に哭く女を救うため願った農民解放運動の活動家たちは虐殺され私は沈黙を生きた。何もなかったようにすべてリセットし続ける白い冬の日々。雪は貧しい農村と都市の格差を隠し続け、話すことも、闘うこともすべてを奪い、腐った草木も凍え死んだ人間も流された胎児も白一色に変えた。私は川のまま生から黄泉への狭間を流れた。

しんしんとただしんしんしんと地上を覆う雪の下で再生していく命。私と阿賀野川[*2]が河口で合流した時もあった。私たちの逢瀬が大洪水になると人の手により河口が別にされた日、チッソを流され続けた阿賀野川の哀しみを聞いた[*3]。ただただしんしんとしんしんと雪は降る。雪は新潟の原野を覆い、私の水流は豊かなままに枯れることもなく、曖昧な記憶のまま生き続ける。

ただただしんしんと雪は、私に降り積もる。

＊1　信濃川　長野県と新潟県を流れる一級河川。
＊2　阿賀野川　福島県を源流として新潟県を流れる。
＊3　新潟水俣病　阿賀野川流域に発生した公害。

盂蘭盆

ハシボソ鴉は眠りの場を求め
旋回を始め石塔にとまる
夕暮れをつげる濁った高い声

欠けた御影石はひび割れ形すら残さない
抑止のない魂は鴉の背にとび乗り
自由に無人の村落を浮遊する
夏草は奔放な生殖を繰り返し
花芯に残されたのは雨に晒されたヒトの骨片

訪うもののない忘れられた村

開墾地に残された錆びた多くの鍬
国の欺瞞の象徴は土くれにすらなれないのか
鴉は吉備津の釜をあけるように
尖った嘴で墓をこじあけた

盂蘭盆の酒宴が始まる
供え物を取りに行くのは壮健だった女の手の骨
蠟燭をともすのは子どもの細い指
ここ数年懐かしい顔が増えたと嘆く男達の膝の骨はカタカタ哭き
　ながら
円くなりあぐらをかこうとする
供え物も酒も少なくなった
鴉でも食べるかと男の喉仏が叫ぶと
鴉はあわてて飛び立つ

夏祭りの太鼓も聞こえなくなった

若者の姿を見ることはない
江戸時代からこの地に生きた一族は
同じ苗字を持ち
この地で婚姻関係を結び
荒地を開墾し段々畑を作り蕎麦を作付けした
都会をしらずに幸福にもこの地に眠り続ける祖先たち

寺から離れた山峡の路地の我等の墓所に
都会に行った者がひっそりと帰り
わずかにこの地で生きているものは御詠歌で迎える

地上の社は沈黙したまま提灯代わりの魂がとぶ

第二章

世界がぜんたい幸福にならないうちは個人の幸福はあり得ない

宮澤賢治「農民芸術概論綱要」より

虐待防止法
子どもの貧困

海の手紙

僕は誰なのか

母は最期までこの国のことばを話さなかった
僕には十五歳までことばがなかった
沈黙の世界をただよっていた
僕には母のことばもこの国のことばも
どちらもなかった

僕の国はどこなのか

母が生きることを放棄し僕を捨てた日

僕は戸籍がないことを知らされた
父と母は難民だったという
小さなボートで父と母は故国を捨てた
僕は母を守りたかった
だから　この国のことばしか話せない

僕の故郷はあるのか

僕の褐色の肌は
蜃気楼のような海のかなたを夢に見た
いくたびの季節が
茫洋としたまま
時間を重ね
多くの人が殺戮された東の国が
僕の故郷だと知らされた

僕は誰なのか

父と母の骨と僕の爪を入れた手紙を
東京湾に流した
手紙は都会の汚れた湾岸に迷い込んできた
小さな魚に呑み込まれ
いつか
父と母と僕の故郷にとどくだろうか

空色のランドセル

雨の多い七月の空はきまぐれなやさしさで
幾層にも重なりあった雲のすきまから
思いのほか柔らかな光を地上に届ける
ゆっくりとした会話をする小さな弟は姉を見あげ
こんどいくお家　お外で遊べる　ぼくもブランコのれる
姉はうなずきながら水色のランドセルを抱きよせる
姉はいつも母に　弟の手を離してはいけないと言われていた
でも今日は両手でランドセルを離すまいとつかむ

幸福の時間が詰まっている
淡い水色に白いレースのついたランドセルを離したら

本当にひとりぼっちになるような気がして
姉は細い指を握りしめた
姉にもわからなかった　ほんとうにブランコがあるかなんて
でも姉はうなずかなくてはならない
自分たちをとりかこむおとなたちの顔をみておもった

姉はきっと滑り台もあるよと弟に語りかける
弟はいつも並ぶ順番が最後だったたから
学校の休み時間にブランコでも滑り台でも遊べなかった
乗れるのなら弟は泣かないで一緒にいくだろう
姉の願いは友達が褒めてくれた
水色のランドセルを背負っていきたいだけだった

夏の暑さでハムスターが死んだ
学校が夏休みになり給食がなくなった
コロナでプールがなくなりからだを洗えなくなった

ママは優しい　でもいつも家で寝ている
姉と弟は夏休みほかの家ですごすのだ

バス停に向かう公園の木は夏の気まぐれな風に揺れている
痩せた背中にランドセルを背負うと
夏の光がランドセルの白いレースをキラキラと照らし空にとけこ
　んでいった
それに見とれて立ち止まる弟の手を
姉はそっとにぎりしめた
空色のランドセルは小さな姉のただひとつの希望だった

スマホと彼女

館長

昨日　俺はやっと十八になったんだ
バイト頑張って
スマホも買えた

あいつも高校を卒業する

スマホとあいつさえいれば
俺はなんとか生きていけそうな気がする

それだけでいい

街の物語　―アイサとユウ―

もう少し生きなさい

観念の恋人に遺棄された娘に神が与えた街だった。
心だけでなく命すらも閉ざそうとした娘が
自我を捨てるために与えられた渇いた過酷な街

アイサは十四で父親のわからない息子の母になった。
学校には、小学校から行けなくなった。
名前も知らない日本人の父と美貌の南国のダンサーの母
早熟なアイサは孤独だった。
都会の夏の闇は、愛という幻覚でアイサの身体を生贄にした。

不夜城なのに光の無い街だった。
都会が隠蔽した街は地域から見えない地名を持たない街だった。
過去に娘が学び愛した観念のことばはすべて無意味で
娘はことばを捨てて、実践に身を委ねた。

ユウは十四で少年院に入った。
彼を置いて、夫の暴力から逃げた母。
母に似た美貌の少年は、父から逃げるために
彼を拾った女達と暮らした。
都会の夏の闇は、ユウを暴力の支配下に服従させた。
恐喝と暴力は誰にも止められなかった。

ことばを隠蔽した娘の色覚はもどらなかった。
娘は街の闇の拡がりの底でただ生きていた。
灰色の街は季節の雨に洗われることはなかったが

歳月は娘の身体を蝕みながら、代償のように色を取りもどしていった。

子どもにとって、生きることは、食べることだった。
愛されることは、殴られても生きることだった。
大人にとって、生きることは
娘にとって生きることは喪失と容認と実践の日々だった。

そして
娘でなくなった女にとって
ただ
もう少し生きることだった。

夏木立

―ナグちゃん　せみ取りへたくそだな
もう少し練習してこいよ―

みんなでせみとりにいくんだ
あみも虫かごもかってもらった
パパはせみとりめいじんだからって
かってについてきた
ほんとうはひまだからついてきたんだ
いくところがあってよかったねって
ママがひさしぶりにわらった

ひさしぶりにせみ取りに来た

マスクもしてきた
去年までは三人の兄ちゃんたちと母ちゃんと
この公園でせみを取りまくっていた
母ちゃんは前歯がなかったけど
せみ取り名人だったし
兄ちゃんたちは手づかみでせみをつかんだ
兄ちゃんたちが高校や中学にいくので
母ちゃんはスーパーのパートに出た
僕は学童保育にいれられた

あたしは蟬取りなんて大きらい
家にいると夜の仕事に行く母さんのかわりに
弟や妹のめんどうばかりで宿題もできない
学童保育で宿題しないと
先生にしかられる
でも

公園の颪は涼しくて眠れるから悪くない
緑の天井が光で揺れる

力道山の眠る都会のお寺の公園は
緑の雲の天井と天に届く夏木立
深い緑陰のなかで蟬しぐれは降りしきる
颪は木立の隙間を駆け回る
夏木立のように
あなたたちを守れないけど
こんどは蟬取り負けないよ

夏の吹雪　—トイレットペーパー雪になる—

中学生最後の夏休み
なのに何処にもいけない
俺たちは学区域をでてはいけない
と言われた
学・区・域ってなんだよ
川崎のユニクロで服が買いたかっただけだ
たしかに去年は河原で川向こうのやつらと喧嘩したよ
今年は受験だし子どもじゃない
もうしねぇよ
母ちゃんに買ってもらえ
と担任

俺たちは
なにもしてない
猫だって夜中に集まって鳴いているから
俺たちだって町会の防災倉庫の上で
猫のようにこれからのこと話していたんだ
テツガク的にさ

そして
夏休みの最終日
俺たちは相談の結果　暑いから
吹雪をおこすことにきめたんだ
公衆便所の中の白いトイレットペーパーに
水をつけ
町会会館の壁に投げつけた
羽田空港から飛行機の飛ぶ晴れた夜
雪のように

壁は埋まっていった

もちろん俺たちはつかまり
掃除をさせられた
俺たちの中学生さいごの夏は
学・区・域のトイレットペーパーの掃除で
おわった
俺たちの掃除を見張る町工場のじいちゃんたちは
「昔な俺たちもやった」
とにやりと笑った

冬薔薇

どこに咲こうとしているのか
冬の薔薇
老いを迎えようとしている私たちは
少女のように会話を重ね
砂時計より早く落ちていった時に逆らい
認知症の母のようにことばを確認しつづける

捕らわれていく異国の女たち
自由を守るために声をあげ
戦闘員に殴られる女たち
殺されてもよいと

私たちの母もかつて辱めを受けるならばと
渡された毒薬
女だから辱めより死と言われ
闘う事も許されなかった

朔太郎の烈風が広瀬川の湖面を揺らし
敷島公園の冬の薔薇のか細い声が
耳鳴りとなって響く
夏に咲かせるため冬薔薇は刈りこまれる
薔薇たちよ
夏の薔薇のように咲かなくてよい
誰の目も惹かぬように
すべてを潜めて棘だけ咲けばよい

日本を棄てて旅立ち
亜米利加から一時帰国した友人は

私の繰り言を失笑する
公園の鉄の扉に絡みつく枯れた薔薇の棘を
指に絡めれば
残酷で生意気な少女だったころのような
生暖かな血が流れた

捕らわれていく異国の女たち
自由を守るために声をあげ
戦闘員に殴られる女たち
棘だけで　生き続けよう

風とブナ*と眠る少女たちと

風はだれとも家族だった
空も
星も
大地も
川も
海も
風はだれとも兄弟だった
乾いて灰色の骨だらけの砂漠も
いじわるな鋭い棘だらけの野茨も
冷たいいのちを奪い取る氷河も
風はだれとも遊びともだちだった

猿も熊も狼も砂猫も恐竜だって
だれともともだちだった
でも
風がいちばん愛したのは
ブナのおばあさんと優しい少女たち
おばあさんは半分眠ったまま
いつも風にやさしく歌ってくれた
春も夏も秋も冬も
大きな枝のたくさんの葉を揺らして
おいしいブナの実を打楽器のように落下させ
世界を見ておいでと旅立ちを励ました

風は話しかける
起きて
ブナのおばあさん
起きて

ブナのおばあさん
風は哭いているように話しかける
世界中の少女のことばで
深い山の中のブナの木に叫ぶ
ブナのおばあさん
謎の病気で世界の少女たちが眠りはじめているんだよ
あの娘たちは動くことも食べることも出来ないでただ眠り続けて
　いるんだよ
ブナのおばあさん
ぼくはどうしたらよいの
水道がなくて一日中甕に水汲みをしていた少女にもたくさんあっ
　たよ
お父さんが病気になってだまされて買春宿に売られた小さな姉妹
　もみたよ
ちいさな少女が赤ちゃんを抱いてあやしながら歌うかなしい子守
　歌も聞いたよ

でもほんとうはみんな学校に行って勉強したかったんだ　だから
　あの娘たちはかすかな望みで生きていたんだ
いま
望みを捨て少女たちは眠ろうとしているんだ
ぼくはとおりすぎるだけの風
ブナのおばあさん
ぼくを抱きとめたように
あの娘たちを目覚めさせて
抱きしめていのちをあげて
ぼくが世界中にはこぶから
幸福の王子の燕のようにはこぶから
ブナの木のいのちをあげて

＊　ブナ　森の女王と呼ばれる。

ロマンチックな花火

沈黙の夏は今年も続いている
夜空を染めていた花火大会は中止になった

いつのまにか
妹から追い越されて
幼い少年のままに育った息子と暮らす友は
近隣の花火大会をスマホで探し続けていた

中止になった花火を求めて
息子は去年の夏の夜
河原を駆け回っていたという
夜空から降る星屑よりも

彼は宝石のようにキラキラ光る
音のでる大輪の華が好きなのと母は笑う

星ではだめなの
ロマンチックになれないんだって
友は笑いながら慣れないスマホを検索する
怖がりの息子は心細いのか
いくつになっても母の手を引き
大きな花火を指さし歩き続けた夏の思い出
覚えていられるのかしら
コロナで二年もないのよと友は呟く

何も出来ない不甲斐ないわたしは
母とのロマンチックな夏だから覚えているよと
古希を迎える友に呟く

風の詩

又三郎が私を捨てた日
風は詩を語らなくなった

私とあなたが出会った日の雨の匂いも
あなたと私が別れた日の風の色も
若さの見せた幻の逢瀬すら消滅した
大気圏で風は砕かれ破片になった雨が哭く

又三郎が私を捨てた日
空は雨を地上に捨てた

血管を蠢く微細なコロナウイルスさえ暴き出す科学の力は、あらゆる物質を可視化し、神の力を手にした傲慢な二十一世紀の人間たちはいつか雨も風も支配できると信じた。けれど、コロナは生きながらえて二年目を迎え、形を変えてヒトを襲い続ける。天は南極の氷を溶かし熱中症は人を殺す。

又三郎が乗る風は死んだのか
どっどど　どどうど　どどうど　どどう
又三郎の哀しみの歌は宇宙に届かない

高機能で精密な気象衛星は正確無比に宇宙で軌道を刻み、可視化されたはずの空と雲と雨は地球を暴走する。細かな雨滴は豪雨になり流れる土石流は多くのいのちを奪い、記号化された風は計測され特定され自由を奪われながら竜巻に変わり地球を砂漠に変貌させる。

又三郎が私を捨てた日
風は詩を語らなくなった
又三郎が私を捨てた日
私の心は砂漠になった

付記　僕たちはなくしたことばを拾いに行こう——子どもの貧困——

〈僕たちの物語（保育園）〉

（一）母と僕の物語

僕はことばが話せなかった。母は母国語だけ話せた。難民として父とボートに乗って母国を脱出した母は船で転倒し、頭を打撲した。それ以来、いつも頭痛を訴えぼんやりとするようになったという。

母は異国で働くことができずに僕を産んだ。もう一人産むことを父は許さなかった。母の中絶に対して父は冷たかった。

母国の大学で工学部を卒業したという父に見合った職業はなかった。自分のプライドと日本の豊かさに負けて、父は酒や遊びに溺れていった。母からカードと通帳を取り上げ失踪した。

日本語が読めなかった母は僕たちの生活保護費も銀行の口座から引き出せなかった。父は東京の闇の中に消えた。

食糧が無くなり、父が借りたローンの返済の通知が母の元に届き、保健師の美穂ちゃんは、初めて僕たちの家庭の状況を摑んだ。

美穂ちゃんは児童相談所に相談し、ケース会議が開催され、僕は、保育園に入ることになった。美穂ちゃんは僕のことばについては、母との暮らしのためであって、僕に身体的異常は見つからなかった。

美穂ちゃんは母を援助し、僕と母が自立できるようにたくさんの会議を開いて福祉のサービスを付けてくれた。

銀行の口座を母の名義に変更し暗証番号も変更した。でも、母は一人で暮らせなかった。

母は常に援助者を必要とした。父の友達という初老の男が家に入り浸るようになった。僕は彼の名前を言えなかった。南国の人特有の漆黒の瞳の母の若さと引き換えに僕たち親子はやっと生きていた。僕たちのサービスはことばの壁に阻まれていた。僕の保育園の送り迎えも「おじさん」という名の男がしていた。

多分、それは、児童相談所の担当の小野さんも保健師の美穂ちゃんもわかっていたのだろう。男を幽霊のように扱う以外なかったのだろう。「おじさん」には同年齢の妻がいたらしい。母が心を病んでいても母の若さは男にとって得難いものであったのだろうか。

「おじさん」はことばの出ない僕に苛々してたまに暴力を振るうようになった。

僕は暴力を誰にも言えなかった。母も言えなかった。でも、保育園の園長さんは、気が付き、僕の会議が開かれるようになった。


会議がどんなに開催されても、何も変わらなかった。僕の病気が診断されただけだった。「おじさん」も正式に認められることなく幽霊となり、母にかわって保育園に迎えに来ていた。「おじさん」は僕たちの家庭の命綱だった。

これからも僕は話せないのだろうか。僕は命綱を切ることができるのだろうか。

僕は、誰を信じたらよいのか。日本に生まれながら、「ガイコク」の子どもと言われ、父に捨てられ、母にも捨てられた。

僕はことばを話したい。そして、母とこの街を出て行きたい。


僕と母の住む街は谷底のような街だった。都営住宅には日本人だけでなく多くの外国人と母と暮らす子どもたちがいた。

谷は山の下にあった。山の上には、大きな家があり、池にはたくさんの鯉が泳いでいた。

僕はその街の保育園で過ごした。

昔から、誰でも受け入れてくれる保育園だったという。僕のような子どもがたくさんいた。園長さんはマザー・テレサと呼ばれていた。厳しくて優しい人だった。

僕は友達が初めてできた。保育園がなければ、僕は生きていくことが、できなかっただろう。

仲間の多くが僕と同じだった。大人たちもなんらかの傷を抱えていた。働ける人はまだ良かった。

多くが生活を援助されて生きていた。僕と母の家庭もそうだった。

夏の暑さを越えることができず、路上に老人が倒れ救急車で運ばれて帰ってこなかった。救急車は当たり前のように、手際よく彼らを運んで行った。僕は母に隠れて運ばれていく彼らを見ていた。僕の未来を見るようだった。

僕の隣の部屋のおじいさんはいつも酔っぱらっていた。誰も知らないままにおじいさんが亡くなっていた。でも、誰も引き取りにこなかった。

僕の友達は、ことばは出たが、僕よりもゆっくりと成長していた。

僕と彼らは話せなかったが、保育士の先生は僕たちに多くの生きていく上で必要なことを教えてくれた。

ごはんの食べ方、お尻の拭き方、鼻のかみ方、喧嘩の仕方、挨拶の仕方。そして、花の名前。

谷底のような街にも、たくさんの花が咲くことを僕は知った。僕は冬のないという艶やかな故郷の花を知らない。

日本に咲く花は小さな花が多かった。春には都営住宅の脇の塀に太陽のような花が咲いた。僕の国にも咲くのか母に聞くことができなかった。指さす僕に「タンポポ」と先生は幾度も幾度も教えてくれた。

夏にはひまわり、秋にはマーガレット、冬にはつわぶき。僕のいつも着ている洋服の色の花だった。

母は黄色が好きだったのだろうか。

(二) 僕とタンポポの物語

タンポポのような髪の娘を園内で見つけたのはいつだったのだろう。

華奢で無口の小さな娘だった。ピンクや水色のふわふわのワンピースを着ていた。僕はドキドキした。

タンポポは優しかった。僕に給食のミルクを配ってくれたのも彼女だった。席を教えてくれた。いつも笑っていた。

タンポポの母は里美という美しい女性だった。里美もひとり親で育ち家庭で虐待をされながら育ったという。

小学校に入る前から男が来ると、里美は五百円を持たされて児童センターに追いやられた。

児童センターの職員は黙って里美を受け入れた。里美は五百円でお弁当を買って食べていた。それ以外の食事はなかったという。里美の母は里美の児童手当が欲しいため里美を手放さなかった。民生委員の訪問も保健師の訪問も拒絶する母のもとで里美は育った。

母の再婚相手に暴力を振るわれていた里美は、自分で望んで児童相談所に通報したのは中学校二年だったという。たぶん、再婚相手が里美に行った行為は、暴力だけではなかったのだろう。それくらい里美はきれいだったという。

中学校に入ると義父の目を逃れるように、家にいられず、里美はプチ家出を繰り返していた。家出仲間はたくさんいた。公園の東屋、橋の下、深夜営業のコンビニ、母親が深夜労働に出ていて不在の家庭はたまり場になっていた。近隣の中学生と喧嘩を繰り返し、万引きをした。警察や学校の夜間の繁華街の見守りの隙をぬって里美も遊び歩いていた。

谷底の児童センターに数人の茶髪の男子の中学生と遊びに行ったとき、学童保育を利用していた里美の家出を知っていた職員からそっと、無理やり連れまわされているのでないか、逃げたいのか、そうならば、あなたを守るし、学校にも連絡をすると言われた。

暑いだけの夏だった。

少年も里美も淋しかった。それだけだった。

里美は成績の良い娘だった。そんな家庭の状況を職員は知っていた。よく笑う向日葵のような子どもだったという。

里美たちは淋しかった。居場所がなかった。聞かれたとき、黙って首をふった。一人になるのは嫌だった。

警察に捕まり、児童相談所は保護をした。母は里美を殴っただけだった。

里親に育てられた里美は心の飢えに勝てなかった。家出とリストカットを繰り返す里美を里親は守り切れなかった。ひとり暮らしになった彼女はキャバクラで働き、そこで知り合った男の子を産んだ。まだ、十九歳だった。特定妊婦ということで里美は保健師の訪問を受けた。

大学や専門学校に通う地元の友達に、産んだ娘をお人形のように自慢した。

タンポポはビスクドールのお人形のようだったが、同じ十代だったタンポポの父は、里美とタンポポを置き去りにして、姿を消した。

里美はまた、キャバクラで働きだした。

タンポポはことばは出たが幼かった。五歳で三歳の知能と言われた娘を里美は恥じた。

里美はタンポポを無視するようになり、タンポポを置いて男と旅行に行き、幼いタンポポは置き去りにされた。タンポポは家にあるパンやお菓子を食べていたという。

無断欠席が続くタンポポを心配した保育園は美穂ちゃんに相談し、ひとりで留守番をしていたタンポポを保護した。

若い保育士は母の里美に対して怒り、タンポポが殺されると泣いたが、里美がタンポポをどう育ててよいのか悩んでいることは、ベテランの保育士は理解していた。

里美自身がもう一度、誰かに無条件で愛されなくては解決しないこと。そうでなければ、里美自身が母から受けた暴力を止められなかったのだろう。

里美の心の荒みと闇は、若い保育士の心の荒みと闇を拡げていった。

園長は若い保育士の心の荒みと闇を心配した。過去に、保育士が子どもの虐待に走ったことは、園長の深い悔恨につながっていた。

不幸なことにタンポポの母は妖艶で男が絶えることがなかった。キャバクラの収入は生活保護を受けるには少し多かった。ケースワーカーの付かなかった彼女は福祉の枠外にいた。

タンポポは母だけでなく、母の男に殴られ、長かった髪の毛を刈り上げられ金髪に染められた。

でも、タンポポは夢のように母は優しいと言い続けた。

タンポポの細い華奢な腕が折れたとき、園長は児童相談所の小野さんに電話した。

タンポポは保護され、僕の中に柔らかな笑顔だけ残った。

（三）父と娘の物語

タンポポの美しい洋服に嫉妬していた美香子は、細いとがったまなざしで斜に人を見る娘だった。幼いタンポポの舌たらずな口調を真似して、美香子はタンポポを苛めた。

タンポポは苛められていることが理解できなかった。それが美香子をさらに苛立たせた。

美香子の父は、働かない男だった。美香子が生まれても、パチンコや競馬に夢中になっていた。美香子の母はそんな夫に愛想をつかして家を出た。父は美香子の親権を離さなかった。美香子は四歳だったという。

父は美香子を溺愛した。美香子を手放すことを拒否した父は生活の援助を受けながら、トラックの運転手になった。

美香子を施設に預けるように言う祖母と行政の福祉担当に頑《かたく》なに背を向けて、一人で育てようとした。

谷の保育園は彼と美香子をすべて受け入れた。父としての未熟さも粗暴さも、周囲の苦情もなにもかもを受け入れた。

まるで、彼の頑さのように、小さな教会のような扉の保育園の前に二トントラックを横付けにすることも目をつぶろうとした。

彼にとって、自分を大きく見せる手段は、トラック以外になかった。美香子も父とともに走ることを好んだ。

迎えに来てやったという彼は父の存在を誇示したがった。美香子は、そんな父を嫌がらなかった。

深夜の仕事を引き受けたときも、父は美香子と一緒に走った。美香子は父にもたれるように夜をすごした。

園長は父を幾度も諭した。父は昼夜逆転した美香子の状況を聞き、昼の仕事のみするようになった。昼寝のとき、美香子は叫ぶようになっていた。生活は苦しかったが美香子の父は、トラックの運転手が性に合ったようでやめなかった。

美香子は愛されていた。美香子だけではない。僕もタンポポも愛されていなかったわけではない。


僕と美香子は、谷の街の学校に入学し、児童センターの中にある学童保育に入った。タンポポは戻ってこなかった。

児童センターには、いくつものいろいろな居場所があった。僕たちは児童館と学童保育の部屋ですごすことになった。二つの責任者は館長さんと呼ばれていて、優しそうなおばさんだった。

〈僕たちの物語（小学生）〉

谷の街の学校は、底にあった。土の校庭と幾本もの染井吉野の木。東京でありながら、文明から忘却され地域から隔絶した街。隣接する東京湾は、昭和には工場排水で汚れていたが、平成に入ってから、魚が捕れるようになっていた。しかし、街は多くの昭和の負の遺産を抱えていた。海はどこにあるのか、僕は知らなかった。

僕の国まで海は続いているのだろうか。

僕のことばは出ないままだった。僕は小学校で特別支援学級に入った。そこで、たくさんの友達ができた。

（一）　桜とサキと毛虫

学校の入学の用意は母と「おじさん」がしてくれた。こげ茶のランドセルは、小さな僕の身体には重かった。保育園の仲間や先生と別れるのは辛かった。

心を病んだ母は病院に通っていたが、頑ななまでに、母国語以外を話そうとしなかった。「生活援助」と「おじさん」によって支えられている僕の生活は何も変わらなかった。

学校と学童保育は楽しかった。寒い四月だった。四月が終わりかけたとき、先生が新一年生を家まで送ってくれる集団下校が終わった。桜はなかなか咲かなかった。遅咲きの染井吉野が散り始め、校庭の半分が淡いピンクの桜の花びらで埋め尽くされていた。

湿疹ができていた背中に担任の先生から薬を塗ってもらっていた僕は、一人で学童保育に帰る途中だった。桜の木の下でサキに会った。

サキと僕は多分似ていたのだろう。サキは普通学級の生徒だったが、独りの世界に生きていた。毛虫が見つからないと、風に散る花の下で毛虫を待ち続けていた。

サキは水色が大好きだった。でも、サキの両親は、サキを慈しみ、靴から洋服、ランドセルまでピンクにした。サキの夢は水色の靴を履くことだった。

口を開けて桜を見ているサキを見ていた僕に気づいたサキは、瞳で毛虫をさがすように命令する。

戸惑う僕にサキは、

「君は話せないの。毛虫を探して。毛虫がいないと駄目なの」

首を傾ける僕に、

「探して。昨日はいたの」

探し方を知らない僕は、木を見上げ、校庭を埋め尽くしている桜の花を足で散らした。

「駄目でしょ。毛虫が死んじゃうでしょ」

途方にくれた僕は、桜の花びらの中で立ち尽くした。毛虫は春風に飛ばされたのか見つからなかった。

サキが待っていたのは、本当は何だったのだろう。サキは歌を歌っていた。僕の知らない歌だった。

僕の母も僕の知らないことばで歌を歌う。心を病んだ母であっても、懐かしいのだろうか。僕は、その歌で眠ったのだろうか。

サキの双子の兄は特別支援学級で僕と一緒に勉強していた。

双子の兄フウはサキに似ていなかった。浅黒く棒のように細いサキとは異なる美貌を兄に与えた。抜けるような白い肌と高い鼻と秀麗な面差し。サキと似ていたのは、サキよりも強い「物」と「人」への拘りだけだった。サキは兄を守らなければならなかったのに、僕と同じだった。僕たちは誰も守れなかった。

サキは一緒に帰る友人がいなかった。サキの友人は虫だけだった。サキは青い蝶が大好きだった。兄も昆虫図鑑が大好きで虫博士と呼ばれていた。保育園で花の名前を教えてもらった僕は、隣に座るサキの兄から昆虫の名前を教えてもらった。南国の鮮やかなオレンジの蝶は、僕の心のドアを叩いて止まなかった。

サキは、人に固執しなかった。だから誰の名前も必要としなかった。クラス全員が「君」だった。サキは兄だけを「フウ」と呼んだ。

拘りがあっても、特別な支援を必要としないで保育園で過ごせたサキは、母の希望があり、普通学級で学んでいた。サキの父は、サキを特別支援学級に入れようとしたが、母のせめて低学年の時代だけでも、普通学級で過ごさせたいという懇願に負けたという。けれど、サキの口癖はフウのクラスに行きたいだけだった。

サキの母は幾度も学校に行き、教育委員会と話し合い、サキが勉強に付いていけなくても一切特別な指導をしなくてもよいとまで言ったという。

僕は時々思う。母は僕をどうしたかったのだろう。僕と母の意思疎通は相変わらずない。母は僕の身体一つ洗えなかった。僕は背中の湿疹を化膿させ、先生に薬を塗ってもらっていた。

高学年の下校が始まっても、毛虫は見つからなかった。やがて、サキは泣き始めた。僕はどうすることもできずに、立っていた。ピンクのランドセルが桜の花びらに埋まり、サキの泣き声に上級生が僕の担任を連れてきた。

会議を抜け出して息を切らせて走ってきた担任に、サキは泣きながら訴える。

「毛虫がいないの」

担任はゆっくり優しくサキにいう。

「どうしたのかな。サァちゃん、毛虫、蝶になったのかな」

サキは、泣き疲れたようにうなずく。

サキの泣き止む姿を見て、担任は僕に、

「ご苦労様だったね。一緒に学童保育に帰りなさい。学童の先生が心配して迎えに来てるよ。サァちゃんを連れて行ってね」

僕はうなずく。

「サァちゃん、フウちゃんもう学童に帰ったからね。帰ろうね」

僕とサキは学童保育に帰って、一緒におやつを食べた。僕とサキは友達になったらしい。

三年生になる頃、サキは僕の同級生になった。ピンクのランドセルにピンクの洋服はそのままだったが、泣かなくなっていた。あの日からサキは、僕に聞かなくなった。

「どうして君は話せないの」

と。

サキには、僕のことばがわかるようになったのかもしれない。

（二）ヒロ君とママ

ヒロ君と出会ったとき、ヒロ君は二年生だった。一人っ子のヒロ君は、言うことを聞く弟が欲しかったので、すぐに僕を子分にした。フウではなかった。

ヒロ君は自分の行動が抑えられなかった。授業中、ヒロ君の関心はいつも授業とは別にあった。机の周りを走るヒロ君は自分が抑えられないことを知っていた。

ヒロ君のママはヒロ君を独りで育てていて、僕の母と同じだった。ヒロ君に知的な問題はなかったという。ヒロ君のママがヒロ君を訓練する専門的な病院に通わせていたら、ヒロ君は走らなくても叫ばなくてもよかったらしい。それは、僕も同じであったかもしれない。

僕と違っていたのは、ヒロ君には初めから父親がいなかった。ヒロ君がママのお腹にいたとき、パパは姿を消したのだという。

通帳を持って、姿を消した僕の父親は、お金を止められた後、行方不明のままだったが、婚姻の事実は解消されてなかった。

ヒロ君のママは〈寡婦控除〉が認められず、都営住宅にも住んでいなかった。ただ、母子施設で二年間を暮らしていたという。

「僕はもっと居たかったけど、二年しか、駄目だったんだ」

ヒロ君は残念そうに言った。

ヒロ君のママに「おじさん」はいなかった。ママはヒロ君をとても大事にしていた。

保育園のヒロ君は「有名人」だったという。ヒロ君は疲れて寝入っているママを残して家を抜け出した。ヒロ君は冒険が好きだった。ママが付けた鍵を外すことなんて、ヒロ君にとって簡単なゲームだった。ママは、いつも探しに出た。時には、交番に駆け込み見つけてもらっていたという。保育園の運動会も抜け出し、お巡りさんに見つけてもらったという。

「パトカーに乗ったんだ」

ヒロ君はそれがとても自慢だった。

でも、ヒロ君のママはヒロ君を決して叱らなかった。ママにはヒロ君しかいなかった。誰かがヒロ君のママを訪ねてくるとき、ヒロ君はいつもママのそばに居てママを守るように話を聞いていたという。

ヒロ君は憶病な僕の兄になった。

ヒロ君のママは二人の生活のために朝から夜まで働いていた。そして、病気になったこともあった。でも、ヒロ君を手放すことはしなかった。ヒロ君は保育園のときから、ママと自分のために近くのコンビニにお弁当を買いに行っていたという。

僕は、コンビニに母の弁当を買いになんて行けない。行けないまま時は過ぎていった。染井吉野は幾度も咲き、僕の母の時間も止まったままだった。

それでも、ゆっくりと僕もサキもフウも五年生になった。

（三）　夏の冒険

細かな波が川面に揺れている。きらきらと揺れている海と川が混じり合う蒼い河口に僕たち三人は立っていた。白い泡立つ水面は、ハゼのお腹だった。

サキは無邪気に叫ぶ。

「あたし、パパと一緒に魚釣りにきたよ」

ヒロ君が学童保育の六年生の夏。僕たちはヒロ君と一緒に冒険をした。五年生になっても僕のことばは出なかったが、算数だけは、普通クラスで過ごせるようになっていた。僕をからかう意地悪な同級生からは、ヒロ君が守ってくれた。

僕たちは夏休みに飽きていた。

八月はじめ、学童保育に行くふりをしてヒロ君と待ち合わせた。サキも一緒だった。ヒロ君はコンビニで弁当を買い、僕たちはお弁当を持っていた。夏のプールのため麦藁帽子を被っていた。水が怖くて、先生に背負われてプールに入っていたヒロ君は、すっかり水が大好きになっていた。もう、ヒロ君に怖いものなどなかった。

川に続く海はどうなっているのか。僕は海の果てが見たかった。僕の国に続く道が見たかった。海に向かいながら、工場街の細い道を一列になって走るように歩いた。ヒロ君とサキはアニメの歌を歌っていた。

いつもなら、先生に言いつけるが口癖のサキも、

「ひみつ、ひみつ」

と繰り返して、僕たちに付いてきた。ヒロ君が川で蒼い揚羽を見たと言ったためかもしれない。

風がヒロ君の麦藁帽子を海へとさらっていった。ヒロ君は靴を脱いで裸足になると川に入っていった。

帽子は風に溶け込んで海に流れていく。僕は桜の花の中に立っていたときのように、焼けた石の中に立っていた。

サキは帽子を指さし、叫んでいた。麦藁帽子の蒼いリボンが蝶に見えたのかもしれない。

そして、僕たちは館長さんと副校長先生に見つかった。館長さんは泣いていた。僕は館長さんの涙を初めてみた。僕の知っている館長さんはとても大きな声で笑いながら、走り回って嫌がる僕たちを抱きしめてくれた。

ヒロ君のママとも、僕のママとも、話しているときも、いつも、優し

くうなずきながら話していた。

館長さんは逃げようとするヒロ君を後ろから抱きしめると、

「遠足に行けばよかったね。ごめんね。ごめん」

と繰り返し言い続けた。

僕たちは、お弁当を川で食べることはできなかった。学童保育の部屋でお弁当を食べた後、とても、とても叱られた。でも、僕の心はヒロ君の麦藁帽子の中に乗って海を漂流していた。

母は何も言わなかった。

僕は気づいていた。僕がタンポポに感じた淡い想いが、ヒロ君に対してサキの中に育っていることを。時を止めてしまいたかった。

僕たちはことばにできない多くの悲しみを持つようになっていた。

僕たちは多分、僕たちなりに大人になろうとしていた。

僕たちの夏は宿題だけ残して終わろうとしていた。僕とヒロ君にとっては、たった一つの夏休みの旅だった。僕は夏中、海を漂流した。

（四）秋に帰ってきた春の花

台風の多い秋だった。幾つも傘が壊れた。

保育園の園長さんが館長さんを訪ねてきた。園長さんの顔に笑顔がなかった。

養護施設で暮らしていたタンポポの話だった。

タンポポが母と同居の男性の虐待で保護されてから五年が過ぎていた。僕はタンポポの笑顔が好きだった。

男と別れたタンポポの母は娘を思い出したらしい。

タンポポが帰ってくる。僕を覚えているのだろうか。

〈僕たちの物語〈中学生〉〉

僕は、彼女を守らなければならなかったのだろう。

中学生になった僕は、谷の街から別の街の特別支援学校に通学するようになった。ヒロ君と一緒だった。サキは谷の中学校の特別支援学級に進学した。

ヒロ君は、小学生の頃と変わらず僕の分まで饒舌だった。

詰襟の制服を着て身長が伸びたヒロ君は、大人の声になっていた。朝になると僕の家に来て、母の男を威嚇するように、僕の名前を呼んだ。そして、聞こえよがしに、

「変な奴がいるんだな」

と僕の同意を求めた。僕は細くて小さくて弱いままだった。

タンポポは二度目の春を待たないで養護施設に帰った。タンポポが担

任の先生にもらした、ママの恋人が布団の中に入ってくるという訴えに、児童相談所はタンポポを連れて行った。タンポポは児童相談所の職員に施設に帰りたいと自分から言ったという。その日からタンポポの姿は消えた。担任の先生は転校したと僕たちに話した。

タンポポが母に話しても、お前が誘ったんだろうとタンポポの母は、彼女の母から浴びせられたのと同じ罵倒をタンポポに繰り返したという。

帰ってきたタンポポは昔のように優しかった。同じクラスになった僕に、

「元気だった。ミルク飲めるようになったね」

覚えていてくれた。

タンポポも学童保育だった。児童相談所はタンポポを自宅に帰すにあたって、学童保育への入所を条件にした。ヒロ君は、

「好きだったんだろう。きれいだもんな。サキと全然違うもんな」

と僕をからかい続けた。

ただ、館長さんはどこか、心配そうだった。タンポポが僕たちといると傍らに来ては、タンポポに話しかけていた。優しい館長さんは子ども

がいないのに、いつも子どもがたくさんいるように思われていた。

けれど、館長さんの厳しい顔は、僕たちの夏の冒険からずっと続いていた。時々、僕を見て、

「タンポポの気持ちをあなたが聞いてくれればね」

とつぶやいた。古い児童センターのガラスのサッシに木枯らしが鳴っていた。

館長さんは僕の表情をみて、黙って頭を撫でた。

「私もたくさんのことばを捨ててきた。でも、あなたたちがいた。でも、いつか捨てたことばを拾いに行かなければならないと思っている。あなたも拾いに行こう。いままでのことばを全部。タンポポを守るには、ことばが必要なこと覚えておいてね」

僕は困った顔をしたのだと思う。

「ゆっくりでかまわない。あなたがことばを理解していることはみんな知ってるよ。だからヒロはね、あなたを頼りにしている。私はね、誰にも言わなかった。親をとるか、自分をとるかと言われたとき、医療ミスでことばをなくした父を捨てられなかった。でもね。ことばを捨てた場所にはあなたたちがいた。難しいことを言っているけど、いつか、一緒に拾いに行こう」

そして、タンポポの花が黄色い花をつける前にタンポポは心だけでなく、身体にまで傷をつけられて、養護施設に帰った。母のきまぐれはタンポポを二度捨てた。

でも、僕にも館長さんにも先生にも誰にも、守ることができなかった。

中学校の生活は僕にとって回復期だった。いろんな友達ができた。その中で、多くの支援を受けていた僕は、ある意味で話せないことで守られていたのだろうか。

朝、校庭を走る鍛錬は、辛かったが、ヒロ君は叫びながら走っていた。遅れがちの僕を追い抜きながら、

「サボってるんじゃないぞ」

と叫ぶとレムが繰り返し叫んだ。

「サボってるんじゃないぞ」

「サボってるんじゃないぞ」

ぼくはいつの間にか、ヒロ君の背に追いついたが、僕の声は出ないので大人の声になったのかわからなかった。けれど、母の男は僕を殴らなくなった。

レムは茶髪の美少年だった。彼は赤いポストをこよなく愛し、ポストの模型製作に励んでいた。彼も饒舌に自分のことを繰り返し話した。

病気で働けなくなった彼の母は家事ができず、離婚した。彼は繰り返し、

「ママ寝てる」

と言い続けていた。僕はレムにうなずきたかった。

ヒロ君は僕の頭を撫でながら、

「こいつのママも寝てるぜ」

と叫ぶ。レムは僕をハグした。

僕はレムのポストが欲しかった。僕は父に手紙が書きたかった。僕はやっとレムにポストが欲しいと小さな声で言った。レムに聞こえなかった小さなつぶやきをヒロ君は聞き逃さなかった。

「レム、ポストが欲しいんだってさ」

レムはいつも持ち歩いている黒いバッグの中から、九個取り出し、一個ずつ丁寧に並べていった。

「郵便差出箱第一号、丸形、郵便差出箱第二号、角形、郵便差出箱第四号、速達、郵便差出箱第五号、郵便差出箱第六号、郵便差出箱第七号、郵便差出箱第八号、郵便差出箱第九号、コンビニ、ローソン箱」

「レム、もういいぞ」

気短なヒロ君が辟易としたように遮った。

「どれがいいんだ」

ヒロ君は促す。僕は、

「青」

と指さす。レムは、

「郵便差出箱第四号速達型」

と恭しく僕に差し出した。

幻の父に手紙を出そう。僕が故国のことばを捨てたことを話そう。僕の故国のように青い海のポストで。思いついたように、ヒロ君が叫ぶ。

「タンポポに手紙出すのか」

僕はタンポポを思い出す。

「なに、笑ってんだよ」

レムは僕を旅行に誘った。日本中のポストを見に行こうと。青いポストがたくさんあると。僕たちの話を聞くとヒロ君は自分も連れて行けと叫んだ。

三人とも家族旅行に行ったことがなかった。ママたちは旅行に行くほど元気じゃなかった。それくらい僕たちも知っていた。

ヒロ君が言う。

「俺たち、自転車に乗れるよな。バスにも乗れるよな。電車にも乗れる」

「お小遣い貯めようぜ。俺が高校生になって、お前がもっとしゃべれるようになったら旅行に行こうぜ」

「青いポスト、北海道の青いポスト。町田の青いポスト」

僕は饒舌な二人の会話に日本語を習得していった。

僕は母国語を捨てた。きっと、この国にはたくさんの青いポストがあり、父の国につながっているのだろう。母の心にもつながっているのかもしれない。

僕は彼らと少しずつ話せるようになった。ただ周囲の大人たちは気が付かなかった。それくらい二人はうるさかった。

僕は母の病院にもついて行けるようになり、お弁当も母の分まで買ってくることができるようになった。お小遣いも貯められるようになった。家に母の男も来なくなった。

僕たちは児童館に集まって、秘密の旅行の相談をした。僕たちが小さいころ、館長さんは僕たちの周囲をうろうろとして僕たちの遊びを見ていてくれたが、今はあまり傍にいなくなっていた。

ヒロ君は、春には特別支援学校の高等部に進学する。
幻の旅行までに、僕はたくさんのことばで話せるだろうか。

参考講座　他
・「子どもの貧困」はなぜなくならないのか―当事者と考える―
　森田明美他　東洋大学オープン講座　2017　6
・子どもにやさしいまちづくりの展開　森田明美他　2017　7/9
・第10回貧困研究大会　阿部彩他　2017　12/9　12/10　大谷大学
・子どもの貧困問題とソーシャルアクションを問う　森田明美他東洋大学
2017　12/16
・子どもの貧困を知る講演会　湯浅誠　2018　1/27　東京都北区
・その他

あとがきに代えて

希望

光の世界は、闇の世界だ。負の世界遺産は地上の影となり存在し、増え続けている。光の世界から、突き落とされ虐殺された人々の群れは、救済されることなく、カメラの微かな陰画紙となり、負の世界から光の世界に引き戻される。

部屋の壁一面を埋め尽くした遺影の群れ。凍った黄泉の国の入口に入室した瞬間に、遺影は甦る。ひとりの人間の顔となり命を宿し語り始める。妊婦も幼児も子どもも少年も青年も大人も老人も、女も男も唇から溢れる感情がうねりのようにで、壁の平和の願いの装飾だった人々の顔は、怒りと哀しみ視線から、残されていた時間に取り戻そうと足掻く。

アウシュヴィッツの人々は闇の底で生きている。

ベルリンの壁が崩壊した後、私たちは鷗外の学んだ伯林大学を訪ねた。露西亜語しか通じない西の国に、明治の初め日本の夢みた西欧の国になるという脆い渇望を見る。日本はひたすらに、富国強兵に進み、ためらいなく亜細亜の国に侵攻した。昭和二十年八月六日、広島に投下された原爆。夏の日の朝、焼け焦げた石は石の中に焔を残存させ、焔は陽炎のように原爆記念館の壁の遺影を照らす。核が使用された唯一の国は、多くの亜細亜の国で富を奪い人を殺した。

戦後、世界中が望んだという平和は不在のまま遺影は増え続ける。クメール・ルージュのポル・ポトは国の知性を否定し多くの人の命を奪い、記念館の壁には人民の遺影が祭られた。内戦だけではない。水俣では富国強兵が求めた近代化のため、チッソが垂れ流され今も、遺影が増え続けている。森鷗外が国の為、異国の女を捨て帰国した国は自然を壊し工場排水を垂れ流し、魚も人も殺した。

世界中の人々の顔がマスクで覆われた隙をつき、ウクライナは焦土と化した。ウイルスが顔を奪い、マスクは人の心を不在にした。ほんの一時、戦車は二月の河を渡った。
マスクを捨てても、死んだ人は生き返らないが、マスクの影に隠していた真実を、生きている私たちは、せめて語る勇気を持とう。

―謝辞―

今回の詩集と付記の物語の出版にあたり、ご指導をいただきました実践女子大学名誉教授の栗原敦先生、同じく東洋大学名誉教授の森田明美先生、現代詩講座の野村喜和夫先生と講座受講の皆様、詩誌「地平線」、「群馬の思想・文学・教育」の同人の皆様、出版にあたり、わがままなお願いでご面倒をおかけした土曜美術社出版販売の高木祐子社主、前作に引き続き表紙をお引き受けいただいた高島鯉水子様、そして、多くの子どもたちと実践活動の仲間たちに、こころより御礼を申し上げます。

二〇二三年十月

著者略歴
南雲和代（なぐも・かずよ）

詩集　2020年『たぶん書いてはいけない』（土曜美術社出版販売）

所属　詩誌「地平線」　日本現代詩人会　日本詩人クラブ

現住所　〒114-0013　東京都北区東田端 1-6-6-402

詩集　僕《ぼく》たちはなくしたことばを拾《ひろ》いに行《い》こう

発　行　二〇二三年十二月二十五日

著　者　南雲和代
装　幀　高島鯉水子
発行者　高木祐子
発行所　土曜美術社出版販売
〒162-0813　東京都新宿区東五軒町三—一〇
電　話　〇三—五二二九—〇七三〇
ＦＡＸ　〇三—五二二九—〇七三二
振　替　〇〇一六〇—九—七五六九〇九
印刷・製本　モリモト印刷
ISBN978-4-8120-2813-1　C0092